紅樓夢第六十五回

賈二舍偷娶尤二姨　尤三姐思嫁柳二郎

話說賈璉賈珍賈蓉等三人商議事事妥貼至初二日先將尤老娘和三姐兒送入新房尤老娘看了一看雖不似賈蓉口內之言倒也十分齊備母女二人已算稱了心愿鮑二兩口子見了如一盆火兒赶着尤老娘一口一聲叫老娘又或是老太太赶著三姐兒叫三姨兒或是姨娘至次日五更天一乘素轎將二姐兒抬來各色香燭紙馬並鋪蓋以及酒飯早已預備得十分妥當一時賈璉素服坐了小轎來了拜過了天地焚了紙馬那尤老娘見了二姐兒身上頭上煥然一新不似在家模樣十

分得意攙入洞房是夜賈璉和他顛鸞倒鳳百般恩愛不消細說那賈璉越看越愛越瞧越喜不知要怎麽奉承這二姐兒纔過得去乃命鮑二等人不許提三說二直以奶奶稱之自己也稱奶奶竟將鳳姐一筆勾倒有時囘家只說在東府有事鳳姐因知他和賈珍好有事相商也不疑心家下人雖多都也不管這些事便有那游手好閒專打聽小事的人也都去奉承賈璉乘機討些便宜誰肯去露風於是賈璉深感賈珍不盡賈璉一月出十五兩銀子做天天的供給若不來時他母女三人一處吃飯若賈璉來他夫妻二人一處吃他母女就囘房自吃賈璉又將自己積年所有的體己一併搬來給二姐兒收著又將鳳

姐兒素日是爲人行事枕邊衾裡盡情告訴了他只等一死便接他進去二姐兒聽了自然是愿意的了當下十來個人倒也過起日子來十分豐足眼見已是兩月光景這日賈珍在鐵檻寺做完佛事晚間回家時與他姊妹久別竟要去探望探望先命小厮去打聽賈璉在與不在小厮回來說不在那裡賈珍喜歡將家人一槩先遣回去只留兩個心腹小童牽馬一時到了新房子裡已是掌燈時候悄悄進去兩個小厮將馬拴在圈內自往下房去聽候賈珍進來屋裡纔點燈先看過尤氏母女然後二姐兒出來相見賈珍見了二姐兒滿臉的笑容一面吃茶一面笑說我做的保山如何要錯過了打着燈籠還沒處尋過

日你姐姐還備禮來瞧你們呢說話之間二姐兒已命人預備下酒饌關起門來都是一家人原無避諱鮑二來請安賈珍便說你還是個有良心的所以二爺叫你來伏侍日後自有大用你之處不可在外頭吃酒生事我自然賞你倘或這裡短了什麽你二爺事多那裡人雜你只管去回我我們弟兄不比別人鮑二答應道小的知道若小的不盡心除非不要這腦袋了賈珍笑着點頭道要你知道就好當下四人一處吃酒二姐兒此時恐怕賈璉一時走來彼此不雅吃了兩鍾酒便推故往那邊去了賈珍此時也無可奈何只得看着二姐兒自去剩下尤老娘和三姐兒相陪那三姐兒雖向來也和賈珍偶有戲言但

不似他姐姐那樣隨和兒所以賈珍雖有垂涎之意却也不肯造次了致討没趣况且尤老娘在傍邊陪著賈珍也不好意思太露輕薄却說跟的兩個小厮都在厨下和鮑二飲酒那鮑二的女人多姑娘兒上竈忽見兩個丫頭也走了來嘲笑要吃酒鮑二因說姐兒們不在上頭伏侍也偷着來了一時叫起來没人又是事他女人罵道糊塗渾嗆了的忘八你撞喪那黃湯罷撞喪醉了夾着你的腦袋挺你的尸去叫不叫與你什麼相干一應有我承當呢風啊雨的横竪淋不到你頭上來這鮑二原因妻子之力在賈璉前十分有臉今日他女人越發和二姐兒跟前殷勤服侍他便自己除賺錢吃酒之外一槩不管一聽他女人吩咐百依百隨當下又吃了些便去睡覺這裏鮑二女人隨着這些丫鬟小厮吃酒又和那小厮們打牙撂嘴兒的頑笑討他們的喜歡準備在賈珍前討好兒正在吃的高興忽聽見扣門的聲兒鮑二的女人忙出來開門看時見是賈璉下馬問有事無事鮑二女人便悄悄的告訴他說大爺在這裡西院裡呢賈璉聽了便至卧房見尤二姐和兩個小丫頭在房中呢見他來了臉上却有些訕訕的賈璉反推不知只命快拿酒來偺們吃兩盃好睡覺我今日乏了二姐兒忙忙陪笑接衣捧茶問長問短賈璉喜的心癢難受一時鮑二的女人端上酒來二人對飲兩個小丫頭在地下伏侍賈璉的心腹小童隆兒拴馬去撇

見有了一匹馬細瞧一瞧知是賈珍的心下會意也來廚下只見喜兒壽兒兩個正在那裡坐着吃酒見他來了也都會意笑道你這會子來的巧我們因赶不上爺的馬恐怕犯夜往這裡來借個地方兒睡一夜隆兒便笑道我是二爺使我送月銀的交給了奶奶我也不囘去了鮑二的女人便道偺們這裡有的是炕爲什麽大家不睡呢喜兒便說我們吃多了你來吃一鍾隆兒纔坐下端起酒來忽聽馬棚內鬧將起來原來二馬同槽不能相容互踏蹶起來隆兒等慌的忙放下酒盃出來喝住另拴好了進來鮑二的女人笑說好兒子們就睡罷我可去了三個攔着不肯叫走又親嘴摸乳口裡亂嘈了一囘纔放他出去

這裡喜兒喝了幾盃已是楞子眼了隆兒壽兒關了門囘頭見喜兒直挺挺的躺在炕上二人便推他說好兄弟起來好生睡只顧你一個人舒服我們就苦了那喜兒便說道偺們今兒可要公公道道貼一爐子燒餅了隆兒壽兒見他醉了也不理他吹了燈將就躺下二姐聽見馬鬧心下着實不安只會用言語混亂賈璉那賈璉吃了幾盃春興發作便命收了酒菓掩門寬衣二姐只穿着大紅小襖散挽烏雲滿臉春色比白日更增了俏麗賈璉摟着他笑道人人都說我們那夜叉婆俊如今我看來給你拾鞋也不要二姐兒道我雖標緻却沒品行看來倒是不標緻的好賈璉忙說怎麽說這個話我不懂二姐滴淚說道

你們拿我作糊塗人待什麼事我不知道我如今和你作了兩個月的夫妻日子雖淺我也知你不是糊塗人我生是你的人死是你的鬼如今既做了夫妻終身我靠你豈敢瞞藏一個字我算是有倚有靠了將來我妹子怎麼是個結果據我看來這個形景兒也不是常策要想長久的法兒纔好賈璉聽了笑道你放心我不是那拈酸吃醋的人你前頭的事我也知道你倒不用含糊着如今你跟了我來大哥跟前自然倒要拘起形跡來了依我的主意不如叫三姨兒也合大哥成了好事彼此兩無礙索性大家吃個雜會湯你想怎麼樣二姐一面拭淚一面說道雖然你有這個好意頭一件三妹妹脾氣不好第二件也怕大爺臉上下不來賈璉道這個無妨我這會子就過去索性破了例就完了說着乘着酒興便往西院中來只見窗內燈燭輝煌賈珍便推門進去說大爺在這裡呢兄弟來請安賈珍聽是賈璉的聲音唬了一跳見賈璉進來不覺羞慚滿面尤老娘也覺不好意思賈璉笑道這有什麼呢偺們弟兄從前是怎麼樣來大哥為我操心我粉身碎骨感激不盡大哥要多心我倒不安了從此還求大哥照常纔好不然兄弟寧可絕後再不敢到此處來了說着便要跪下慌的賈珍連忙攙起來只說兄弟怎麼說我無不領命賈璉忙命人看酒來我和大哥吃兩盃因又笑嘻嘻向三姐兒道三妹妹為什麼不合大哥吃個雙鍾兒

我也敬一盃給大哥合三妹妹道喜三姐兒聽了這話就跳起來站在炕上指着賈璉冷笑道你不用和我花馬掉嘴的咱們清水下雜麵你吃我看提着影戲人子上場兒好歹別戳破這層紙兒你別糊塗油蒙了心打諒我們不知道你府上的事呢這會子花了幾個臭錢你們哥兒倆拿着我們姊妹兩個權當粉頭來取樂兒你們就打錯了算盤了我也知道你那老婆太難纏如今把我姐姐拐了來做了二房偷來的鑼鼓兒打不得我也要會會這鳳奶奶去看他是幾個腦袋幾隻手若大家好取和兒便罷倘若有一點叫人過不去我有本事先把你兩個的牛黃狗寶掏出來再和那潑婦拚了這條命喝酒怕什麼咱

們就喝說着自己拿起壺來斟了一盃自己先喝了半盞揪過賈璉來就灌說我倒沒有和你哥哥喝過今兒倒要和你喝一喝咱們也親近親近嚇的賈璉酒都醒了賈珍也不承望三姐兒這等拉的下臉來兄弟兩個本是風流場中耍慣的不想今日反被這個女孩兒一席話說的不能搭言三姐看了這樣越發一疊聲又叫將姐姐請來要樂咱們四個大家一處樂俗語說的便宜不過當家你們是哥哥兄弟我們是姐姐妹妹又不是外人只管上來尤老娘方不好意思起來賈珍得便就要溜三姐兒那裡肯放賈珍此時反後悔不承望他是這種人與賈璉反不好輕薄了只見這三姐索性卸了粧飾脫了大衣服鬆

鬆的挽個髻兒身上穿着大紅小襖半掩半開的故意露出葱綠抹胸一痕雪脯底下綠褲紅鞋鮮艷奪目忽起忽坐忽喜忽嗔沒半刻斯文兩個墜子就和打鞦韆一般燈光之下越顯得柳眉籠翠檀口含丹本是一雙秋水眼再吃了幾杯酒越發橫波入鬢轉盼流光真把那賈珍二人弄的欲近不敢欲遠不捨迷離恍惚落魄垂涎再加方纔一席話直將二人禁住弟兄兩個竟全然無一點兒能爲別說調情鬭口齒竟連一句響亮話都沒了三姐自己高談濶論任意揮霍村俗流言灑落一陣由着性兒拿他弟兄二人嘲笑取樂一時他的酒足興盡更不容他弟兄多坐竟攆出去了自己關門睡去了自此後或略有丫

鬟婆子不到之處便將賈珍賈璉賈蓉三個厲言痛罵說他爺兒三個誆騙他寡婦孤女賈珍回去之後也不敢輕易再來那三姐兒有時高興又命小厮來找及至到了這裏也只好隨他的便乾瞅著罷了看官聽說這尤三姐天生脾氣和人異樣詭僻只因他的模樣兒風流標緻他又偏愛打扮的出色另式另樣做出許多萬人不及的風情體態來那些男子們別說賈珍賈璉這樣風流公子便是一班老到人鐵石心腸看見了這般光景也要動心的及至到他跟前他那一種輕狂豪爽目中無人的光景早又把人的一團高興逼住不敢動手動脚所以賈珍向來和二姐兒無所不至漸漸的俗了却一心注定在三姐

兒身上便把二姐兒樂得讓給賈璉自已却和三姐兒捏合偏那三姐一般令他頑笑別有一種令人不敢招惹的光景他母親和二姐兒也曾十分相勸他反說姐姐糊塗偺們金玉一般的人白叫這兩個現世寶沾污了去也算無能而且他家現放着個極利害的女人如今瞞著自然是好的倘或一日他知道了豈肯干休勢必有一場大鬧你二人不知誰生誰死這如何便當作安身樂業的去處他母女聽他這話料著難勸也只得罷了那三姐兒天天挑揀穿吃打了銀的又要金的有了珠子又要寶石吃着肥鵝又宰肥鴨或不趁心連棹一推衣裳不如意不論綾緞新整便用剪子鉸碎撕一条罵一句究竟賈珍等何曾隨意了一日反花了許多昧心錢賈璉來了只在二姐屋裡心中也漸漸的悔上來了無奈二姐兒倒是個多情的人以為賈璉是終身之主了凡事倒還知疼着熱要論溫柔和順却較着鳳姐還有些體度就論起那標緻來及言談行事也不減於鳳姐但已經失了脚有了一個淫字憑他什麼好處也不算了偏這賈璉又說誰人無錯知過必改就好故不提已往之淫只取現今之善便如膠似漆一心一計誓同生死那裡還有鳳平二人在意了二姐在枕邊衾內也常勸賈璉說你和珍大爺商議商議揀個相熟的把三丫頭聘了罷留着他不是常法兒終久要生事的賈璉道前日我也曾回大哥的他只是捨不的

我還說就是塊肥羊肉無奈燙的慌玫瑰花兒可愛刺多扎手偺們未必降的住正經揀個人聘了罷他只意意思思的就撂過手了你叫我有什麽法兒二姐兒道你放心偺們明兒先勸三丫頭問准了讓他自己鬧去鬧的無法少不得聘他賈璉聽了說這話極是至次日二姐兒另備了酒賈璉也不出門至午間特請他妹妹過来和他母親上坐三姐兒便知其意酒斟上酒也不用他姐姐開口便先滴淚說道姐姐今兒請我自然有一番大道理要說但只我也不是糊塗人也不用絮絮叨叨的從前的事我已盡知了說也無益既如今姐姐也得了好處安身媽媽也有了安身之處我也要自尋歸結去纔是正禮但終

身大事一生至一死非同兒戲向來人家看着偺們娘兒們微息不知都安着什麽心我所以破着没臉人家纔不敢欺負這如今要辦正事不是我女孩兒家没羞恥必得我揀個素日可心如意的人纔跟他要憑你們揀擇雖是有錢有勢的我心裡進不去白過了這一世了賈璉笑道這也容易憑你說是誰就是誰一應彩禮都有我們置辦母親也不用操心三姐兒道姐姐橫竪知道不用我說賈璉笑問二姐兒是誰二姐兒一時想不起來賈璉料定必是此人無移了便拍手笑道我知道這人了果然好眼力二姐兒笑道是誰賈璉笑道别人他如何進得去一定是寶玉二姐兒與尤老娘聽了也以為必然是寶玉了

三姐兒便啐了一口說我們有姐妹十個也嫁你弟兄十個不成難道除了你家天下就沒有好男人了不成衆人聽了都怔異除了他還有那一個三姐兒道別只在眼前想姐姐只在五年前想就是了正說着忽見賈璉的心腹小廝興兒走來請賈璉說老爺那邊緊等着叫爺呢小的答應往舅老爺那邊去了小的連忙來請賈璉又忙問昨日家裡問我來着麼興兒說小的回奶奶爺在家廟裡和珍大爺商議做百日的事只怕不能來賈璉忙命拉馬隆兒跟隨去了留下興兒答應人尤二姐便要了兩碟菜來命拿大杯斟了酒就命興兒在炕沿下站著喝一長一短向他說話兒問道家裡奶奶多大年紀怎麼個利害

的樣子老太太多大年紀姑娘幾個各樣家常等話興兒笑嘻嘻的在炕沿下一頭喝一頭將榮府之事備細告訴他母女又說我是二門上該班的人我們共是兩班一班四個共是八個人有幾個是奶奶的心腹有幾個是爺的心腹奶奶的心腹我們不敢惹爺的心腹奶奶敢惹提起來我們奶奶的事告訴不得奶奶他心裡歹毒口裡尖快我們二爺也算是個好的那裡見的他倒是跟前有個平姑娘爲人狠好雖然和奶奶一氣他倒背着奶奶常作些好事我們有了不是奶奶是容不過的只求求他去就完了如今合家大小除了老太太太太兩個沒有不恨他的只不過面子情兒怕他皆因他一時看得人都不及

他只一味哄著老太太太太兩個人喜歡他說一是一說二是二沒人敢攔他又恨不的把銀子錢省下來了堆成山好叫老太太太太說他會過日子除不知苦了下人他討好兒或有好事他就不等別人去說他先抓尖兒或有不好的事或他自巳錯了他就一縮頭推到別人身上去他還在傍邊撥火兒如今連他正經婆婆都嫌他說他雀兒揀著旺處飛黑母鷄一窩兒自家的事不管倒替人家去瞎張羅要不是老太太在頭裡早叫過他去了尤二姐笑道你背着他這麼說他將來背着我還不知怎麼說我呢我又差他一層兒了越發有的說了興兒忙跪下說道奶奶要這麼說小的不怕雷劈嗎但凡小的要有造

化起先娶奶奶時要得了這樣的人小的們也少挨些打罵也少提心弔胆的如今跟爺的幾個人誰不是背前背後稱揚奶奶盛德憐下我們商量着叫二爺要出來情愿來伺候奶奶呢尤二姐笑道你這小猾賊兒還不起來說句頑話兒就嚇的這個樣兒你們做什麼往這裡來我還要找了你奶奶去呢興兒連忙搖手說奶奶千萬別去我告訴奶奶一輩子不見他纔好呢嘴甜心苦兩面三刀上頭笑著脚底下就使絆子明是一盆火暗是一把刀他都占全了只怕三姨兒這張嘴還說不過他呢奶奶這麼斯文良善人那裡是他的對手二姐笑道我只以理待他他敢怎麽着我興兒道不是小的喝了酒放肆胡說奶

奶就是讓著他他看見奶奶比他標緻又比他得人心兒他就
肯善罷干休了人家是醋罐子他是醋缸醋甕凡丫頭們跟前
二爺多看一眼他有本事當着爺打個爛羊頭是的雖然平姑
娘在屋裡大約一年裡頭兩個有一次在一處他還要嘴裡掂
十來個過兒呢氣的平姑娘性子上來哭鬧一陣說又不是我
自已尋來的你逼着我我不愿意又說我反了這會子又這麼
着他一般也罷了倒央及平姑娘二姐笑道可是撒謊這麼一
個夜叉怎麼反怕屋裡的人呢興兒道就是俗語說的三人抬
不過個理字去了這平姑娘原是他自幼兒的丫頭陪過來一
共四個死的死嫁的嫁只剩下這個心愛的收在房裡一則顯

他賢良二則又拴爺的心那平姑娘又是個正經人從不會調
三窩四的倒一味忠心赤膽伏侍他所以纔容下了二姐笑道
原來如此但只我聽見你們還有一位寡婦奶奶和幾位姑娘
他這麽利害這些人肯依他嗎興兒拍手笑道原來奶奶不知
道我們家這位寡婦奶奶第一個善德人從不管事只教姑娘
們看書寫字針線道理這是他的事情前兒因為他病了這大
奶奶暫管了幾天事總是按着老例兒行不像他那麼多事逞
才的我們大姑娘不用說是好的了二姑娘混名兒叫二木頭
三姑娘的混名兒叫玫瑰花兒又紅又香無人不愛只是有刺
扎手可惜不是太太養的老鴰窩裡出鳳凰四姑娘小正經是

珍大爺的親妹子太太抱過來的養了這麽大也是一位不管事的奶奶不知道我們家的姑娘們不算外還有兩位姑娘真是天下少有一位是我們姑太太的女兒姓林一位是姨太太的女兒姓薛這兩位姑娘都是美人一般的呢又都知書識字的或出門上車或在園子裡遇見我們連氣兒也不敢出尤二姐笑道你們家規矩大小孩子進的去遇見姑娘們原該遠遠的藏躲著敢出什麽氣兒呢興兒搖手道不是那麽不敢出氣兒是怕這氣兒大了吹倒了林姑娘氣兒煖了又吹化了薛姑娘說得滿屋裡都笑了要知三姐要嫁何人下回分解

紅樓夢第六十五回終

紅樓夢第六十六回

情小妹耻情歸地府　冷二郎一冷入空門

話說與兒說怕吹倒了林姑娘吹化了薛姑娘大家都笑了那鮑二家的打他一下子笑道原有些真到了你嘴裡越發沒了綑兒了你倒不像跟二爺的人這些話倒像是寶玉的人尤二姐纔要又問忽見尤三姐笑問道可是你們家那寶玉除了上學他做些什麽與兒笑道三姨兒別問他說起來三姨兒也未必信他長了這麽大獨他沒有上過正經學我們家從祖宗直到二爺誰不是學裡的師老爺嚴嚴的管着念書偏他不愛念書是老太太的寶貝老爺先還管如今也不敢管了成天家瘋

瘋顛顛的說話人也不懂幹的事人也不知外頭人人看着好清俊模樣兒心裡自然是聰明的誰知裡頭更糊塗見了人一句話也沒有所有的好處雖沒上過學倒難為他認得幾個字每日又不習文又不學武又怕見人只愛在丫頭羣兒裡鬧再者也沒個剛氣兒有一遭見了我們喜歡時沒上沒下大家亂頑一陣不喜歡各自走了他也不理人我們坐着臥着見了他也不理他他也不責備因此沒人怕他只管隨便都過的去尤三姐笑道主子寬了你們又這樣嚴了又抱怨可知你們難纏尤二姐道我們看他倒好原來這樣可惜了兒的一個好胎子尤三姐道姐姐信他胡說咱們也不是見過一面兩面的行事

言談吃喝原有些女兒氣的自然是天天只在裡頭慣了的若說糊塗那些兒糊塗姐姐記得穿孝時偺們同在一處那日正是和尚們進來遶棺偺們都在那裡站着他只站在頭裡擋着人人說他不知禮又沒眼色過後他沒悄悄的告訴偺們說姐姐們不知道我並不是沒眼色想和尚們的那樣腌臢只恐怕氣味薰了姐姐們接着他吃茶姐姐又要茶那個老婆子就拿了他的碗去倒他赶忙說我吃腌臢了的另洗了再斟來這兩件上我冷眼看去原來他在女孩兒跟前不管什麼都過的去只不大合外人的式所以他們不知道尤二姐聽說笑道依你說你兩個已是情投意合了竟把你許了他豈不好三姐見有

興兒不便說話只低了頭磕瓜子兒興兒笑道若論模樣兒行爲倒是一對兒好人只是他已經有了人了只是沒有露形兒將來准是林姑娘定了的因林姑娘多病二則都還小所以還沒辦呢再過三二年老太太便一開言那是再無不准的了大家正說話只見隆兒又來了說老爺有事是件機密大事要遣二爺往平安州去不過三五日就起身來回得十五六天的工夫今日不能來了請老奶奶早和二姨兒定了那件事明日爺來好做定奪說着帶了興兒也回去了這裡尤二姐命掩了門早睡下了盤問他妹子一夜至次日午後賈璉方來了尤二姐因勸他說既有正事何必忙忙又來千萬別爲我悮事賈璉道

也沒什麽事只是偏偏的又出來了一件遠差出了月兒就起身得半月工夫纔來尤二姐道既如此你只管放心前去這裡一應不用你記掛三妹妹他從不會朝更暮改的他已擇定了人你只要依他就是了賈璉忙問是誰尤二姐笑道這人此刻不在這裡不知多早晚纔來也難為他的眼力他自己說了這人一年不來他等一年十年不來等十年若這人死了再不來了他情願剃了頭當姑子去吃常齋念佛再不嫁人賈璉問到底是誰這樣動他的心二姐兒笑道說來話長五年前我們老娘家做生日媽媽和我們到那裡與老娘拜壽他家請了一起頑戲的人也都是好人家子弟裡頭有個粧小生的叫做柳湘

蓮如今要是他纔嫁舊年聞得這人惹了禍逃走了不知回來了不曾賈璉聽了道怪道呢我說是個什麽人原來是他果然眼力不錯你不知道那柳老二那樣一個標緻人最是冷面冷心的差不多的人他都無情無義他最和寶玉合的來去年因打了薛獃子他不好意思見我們的不知那裡去了一向沒來聽見有人說來了不知是真是假一問寶玉的小廝們就知道了倘或不來時他是萍踪浪跡知道幾年纔來豈不白耽擱了尤二姐道我們這三丫頭說的出來幹的出來他怎樣說只依他便了二人正說之間只見尤三姐走來說道姐夫你也不知道我們是什麽人今日合你說罷你只放心我們不是那心口

兩樣的人說什麽是什麽若有了姓柳的來我便嫁他從今日起我吃齋念佛只伏侍母親等來了嫁了他去若一百年不來我自己修行去了說着將頭上一根玉簪拔下來磕作兩段說一句不真就合這簪子一樣說着囘房去了真個竟非禮不動非禮不言起來賈璉無了法只得和二姐商議了一囘家務復囘家與鳳姐商議起身之事一面着人問焙茗焙茗說竟不知道大約沒來若來了必是我知道的一面又問他的街房也說沒來賈璉只得回復了二姐兒至起身之日已近前兩天便說起身却先往二姐兒這邊來住兩夜從這裡再悄悄的長行果見三姐兒竟像又換了一個人的是的又見二姐兒持家勤慎

自是不消記掛是日一早出城竟奔平安州大道曉行夜住渴飲饑飡方走了三日那日正走之間頂頭來了一羣馱子內中一夥主僕十來匹馬走的近了一看時不是別人就是薛蟠和柳湘蓮來了賈璉深為奇怪忙伸馬迎了上來大家一齊相見說些別後寒溫便入一酒店歇下共叙談叙談賈璉因笑道鬧過之後我們忙着請你兩個和解誰知柳二弟踪跡全無怎麽你們兩個今日倒在一處了薛蟠笑道天下竟有這樣奇事我同夥計販了貨物自春天起身往回裡走一路平安誰知前日到了平安州地面遇見一夥強盜已將東西刼去不想柳二弟從那邊來了方把賊人趕散奪回貨物還救了我們的性命我

謝他又不受所以我們結拜了生死弟兄如今一路進京從此後我們是親弟兄一般到前面岔口上分路他就分路往南二百里有他一個姑媽他去望候望候我先進京去安置了我的事然後給他尋一所房子尋一門好親事大家過起來賈璉聽了道原來如此倒好只是我們白懸了幾日心因又說道方纔說起給柳二弟提親我正有一門好親事堪配二弟說着便將自己娶尤氏如今又要發嫁小姨子一節說了出來只不說尤三姐自擇之語又囑薛蟠且不可告訴家裡等生了兒子自然是知道的薛蟠聽了大喜說早該如此這都是舍表妹之過湘蓮忙笑說你又忘情了還不住口薛蟠忙止住不語便說旣是

這等這門親事定要做的湘蓮道我本有願定要一個絶色的女子如今旣是貴昆仲高誼顧不得許多了任憑定奪我無不從命賈璉笑道如今口說無憑等柳二弟一見便知我這內娣的品貌是古今有一無二的了湘蓮聽了大喜說旣如此說等弟探過姑母不過月中就進京的那時再定如何賈璉笑道你我一言爲定只是我信不過柳二弟你是萍踪浪跡倘然去了不來豈不悞了人家一輩子的大事須得留一個定禮湘蓮道大丈夫豈有失信之禮小弟素係寒貧况且客中那裡能有定禮薛蟠道我這裡現成就備一分二哥帶去賈璉道也不用金銀珠寶須是柳二弟親身自有的東西不論貴賤不過帶去取

信耳湘蓮道既如此說弟無別物囊中還有一把鴛鴦劍乃弟家中傳代之寶弟也不敢擅用只是隨身收藏着二哥就請拿去爲定弟縱係水流花落之性亦斷不捨此劍說畢大家又飲了幾盃方各自上馬作別起程去了且說賈璉一日到了平安州見了節度完了公事因又囑咐他十月前後務要還來一次賈璉領命次日連忙取路回家先到尤二姐那邊且說二姐兒操持家務十分謹肅每日關門閉戶一點外事不聞那三姐兒果是個斬丁截鉄之人每日侍奉母親之餘只和姐姐一處作些活計雖賈珍趁賈璉不在家也來鬼混了兩次無奈二姐兒只不兆攬推故不見那三姐兒的脾氣賈珍早已領過教的那

裡還敢招惹他去所以踪跡一發踈濶了却說這日賈璉進門看見二姐兒三姐兒這般景況喜之不盡深念二姐兒之德大家叙些寒温賈璉便將路遇柳湘蓮一事說了一回又將鴛鴦劍取出遞與三姐兒三姐兒看時上面龍吞夔護珠寶晶熒及至拿出來看時裡面却是兩把合體的一把上面鏨一鴛字一把上面鏨一鴦字冷颼颼明亮亮如兩痕秋水一般三姐兒喜出望外連忙收了掛在自已繡房床上每日望着劍自喜終身有靠賈璉住了兩天回去復了父命回家合宅相見那時鳳姐已大愈出來理事行走了賈璉又將此事告訴了賈珍賈珍因近日又搭上了新相知二則正惱他姐妹們無情把這事丢過

了全不在心上任凭賈璉裁奪只怕賈璉獨力不能少不得又給他幾十兩銀子賈璉拿來交與二姐兒預備粧奩誰知八月內湘蓮方進了京先來拜見薛姨媽又遇見薛蟠方知薛蟠不慣風霜不服水土一進京時便病倒在家請醫調治聽見湘蓮來了請入卧室相見薛姨媽也不念舊事只感救命之恩母子們十分稱謝又說起親事一節凡一應東西皆置辦妥當只等擇日柳湘蓮也感激不盡次日又來見寶玉二人相會如魚得水湘蓮因問賈璉偷娶二房之事寶玉笑道我聽見焙茗說我却未見我也不敢多管我又聽見焙茗說璉二哥哥着實問你不知有何話說湘蓮就將路上所有之事一概告訴寶玉寶玉

笑道大喜大喜難得這個標緻人果然是個古今絕色堪配你之爲人湘蓮道既是這樣他那少了人物如何只想到我況且我又素日不甚和他相厚也關切不至於此路上忙忙的就那樣再三要求定下難道女家反趕著男家不成我自己疑惑起來後悔不該留下這劍作定所以後來想起你來可以細細問了底裡纔好寶玉道你原是個精細人如何既許了定禮又疑惑起來你原說只要一個絕色的如今既得了個絕色的便罷了何必再疑湘蓮道你既不知他來歷如何又知是絕色寶玉道他是珍大嫂子的繼母帶來的兩位妹子我在那裡和他們混了一個月怎麼不知真真一對尤物他又姓尤湘蓮聽了跌

足道這事不好斷乎做不得你們東府裡除了那兩個石頭獅子干淨罷了寶玉聽說紅了臉湘蓮自慚失言連忙作揖說我該死胡說你好歹告訴我他品行如何寶玉笑道你既深知又來問我做甚麼連我也未必干淨了湘蓮笑道原是我自己一時忘情好歹別多心寶玉笑道何必再提這倒似有心了湘蓮作揖告辭出來心中想着若找薛蟠一則他病着二則他又浮躁不如去要回定禮主意已定便一逕來找賈璉賈璉正在新房中聞湘蓮來了喜之不盡忙迎出來讓到內室與尤老娘相見湘蓮只作揖稱老伯母自稱晚生賈璉聽了詫異吃茶之間湘蓮便說客中偶然忙促誰知家姑母於四月訂了弟婦使弟無言可回若從了二哥背了姑母似不合理若係金帛之定弟不敢索取但此劍係祖父所遺請仍賜回爲幸賈璉聽了心中自是不自在便道二弟這話你說錯了定者定也原怕返悔所以爲定豈有婚姻之事出入隨意的這個斷乎使不得湘蓮笑道如此說弟愿領責領罰然此事斷不敢從命賈璉還要饒舌湘蓮便起身說請兄外坐一叙此處不便那尤三姐在房明明聽見好容易等了他來今忽見返悔便知他在賈府中聽了什麽話來把自巳也當作淫奔無耻之流不屑爲妻今若容他出去和賈璉說退親料那賈璉不但無法可處就是爭辯起來自已也無趣味一聽賈璉要同他出去連忙摘下劍來將一股雌

鋒隱在肘後出來便說你們也不必出去再議還你的定禮一面淚如雨下左手將劍並鞘送與湘蓮右手回肘只往項上一横可憐

揉碎桃花紅滿地　玉山傾倒再難扶

當下唬的衆人急救不迭尤老娘一面嚎哭一面大罵湘蓮賈璉揪住湘蓮命人綑了送官二姐兒忙止淚反勸賈璉人家並沒威逼他是他自尋短見你便送他到官又有何益反覺生事出醜不如放他去罷賈璉此時也沒了主意便放了手命湘蓮快去湘蓮反不動身拉下手絹拭淚道我並不知是這等剛烈人眞眞可敬是我沒福消受大哭一場等買了棺木眼看着入殮又撫棺大哭一場方告辭而去出門正無所之昏昏默默自想方纔之事原來這樣標緻人又這等剛烈自悔不及信步行來也不自知了正走之間只聽得隱隱一陣環佩之聲尤三姐從那邊來了一手捧著鴛鴦劍一手捧著一卷冊子向湘蓮哭道妾癡情待君五年不期君果冷心冷面妾以死報此癡情妾今奉警幻仙姑之命前往太虛幻境修注案中所有一干情鬼妾不忍相别故來一會從此再不能相見矣說畢又向湘蓮灑了幾點眼淚便要告辭而行湘蓮不捨忙欲上來拉住問時那尤三姐一摔手便自去了這裡柳湘蓮放聲大哭不覺自夢中哭醒似夢非夢睜眼看時竟是一座破廟傍邊坐著一個瘸腿

道士捕虱湘蓮便起身稽首相問此係何方仙師何號道士笑道連我不知道此係何方我係何人不過暫來歇足而已柳湘蓮聽了冷然如寒氷侵骨掣出那股雄劍來將萬根煩惱絲一揮而盡便隨那道士不知往那裡去了要知端的且看下回分解

紅樓夢第六十六回終

紅樓夢第六十七回

見土儀顰卿思故里　聞秘事鳳姐訊家童

話說尤三姐自盡之後尤老娘合二姐兒賈珍賈璉等俱不勝悲慟自不必說忙令人盛殮送往城外埋葬柳湘蓮見尤三姐身亡痴情眷戀却被道人數句冷言打破迷關竟自截髮出家跟隨瘋道人飄然而去不知何往暫且不表且說薛姨媽聞知湘蓮已說定了尤三姐爲妻心中甚喜正是高高興興要打算替他買房子治家伙擇吉迎娶以報他救命之恩忽有家中小厮吵嚷三姐兒自盡了被小丫頭們聽見告知薛姨媽薛姨媽不知爲何心甚嘆息正在猜疑寶釵從園裡過來薛姨媽便對

寶釵說道我的兒你聽見了沒有你珍大嫂子的妹妹三姑娘他不是已經許定給你哥哥的義弟柳湘蓮了麽不知爲什麽自刎了那柳湘蓮也不知往那裡去了真正奇怪的事叫人意想不到寶釵聽了並不在意便說道俗語說的好天有不測風雲人有旦夕禍福這也是他們前生命定前日媽媽爲他救了哥哥商量着替他料理如今已經死的死了走的走了依我說也只好由他罷了媽媽也不必爲他們傷感了倒是自從哥哥打江南回來了一二十日販了來的貨物想來也該發完了那同伴去的夥計們辛辛苦苦的回來幾個月了媽媽合哥哥商議商議也該請一請酬謝酬謝才是別叫人家看着無理似的

母女正說話間見薛蟠自外而入眼中尚有淚痕一進門來便向他母親拍手說道媽媽可知道柳二哥尤三姐的事麼薛姨媽說我纔聽見說正在這裡合你妹妹說這件公案呢薛蟠道媽媽可聽見說柳湘蓮跟着一個道士出了家了麼薛姨媽道這越發奇了怎麼柳相公那樣一個年輕的聰明人一時糊塗就跟着道士去了呢我想你們好了一塲他又無父母兄弟隻身一人在此你該各處找找他纔是靠那道士能往那裡遠去左不過是在這方近左右的廟裡寺裡罷了薛蟠說何常不是呢我一聽見這個信兒就連忙帶了小廝們在各處尋找連一個影兒也沒有又去問人都說沒看見薛姨媽說你既找尋過

沒有也算把你作朋友的心盡了焉知他這一出家不是得了好處去呢只是你如今也該張羅張羅買賣二則把你自己娶媳婦應辦的事情倒早些料理料理偺們家沒人俗語說的夯雀兒先飛省得臨時丟三落四的不齊全令人笑話再者你妹妹纔說你也回家半個多月了想貨物也該發完了同你去的夥計們也該擺桌酒給他們道道乏才是人家陪着你走了二三千里的路程受了四五個月的辛苦而且在路上又替你擔了多少的驚怕沉重薛蟠聽說便道媽媽說的狠是倒是妹妹想的週到我也這樣想着只因這些日子爲各處發貨鬧的腦袋都大了又爲柳二哥的事忙了這幾日反倒落了一個空白

張羅了一會子到把正經事都悮了要不然定了明兒後兒下帖兒請罷薛姨媽道由你辦去罷話猶未了外面小厮進來回說管總的張大爺差人送了兩箱子東西來說這是爺各自買的不在貨賬裡面本要早送來因貨物箱子壓着沒得拿昨兒貨物發完了所以今日纔送來了一面說一面又見兩個小厮搬進了兩個夾板夾的大棕箱薛蟠一見說噯喲可是我怎麽就糊塗到這步田地了特特的給媽合妹妹帶來的東西都忘了沒拿了家裡來還是夥計送了來了寶釵說虧你說還是特特的帶來的纔放了一二十天若不是特特的帶來大約要放到年底下纔送來呢我看你也諸事太不留心了薛蟠笑道想是在路上叫人把魂嚇吊了還沒歸竅呢說着大家笑了一回便向小丫頭說出去告訴小厮們東西收下叫他們回去罷薛姨媽同寶釵因問到底是什麽東西這樣細着綑着的薛蟠便命叫兩個小厮進來解了繩子去了夾板開了鎖看時這一箱都是綢緞綾錦洋貨等家常應用之物薛蟠笑着道那一箱是給妹妹帶的親自來開母女二人看時都是些筆墨紙硯各色箋紙香袋香珠扇子扇墜花粉胭脂等物外有虎邱帶來的自行人酒令兒水銀灌的打金斗小小子沙子燈一齣一齣的泥人兒的戲用青紗罩的匣子裝着又有在虎邱山上泥捏的薛蟠的小像與薛蟠毫無相差寶釵見了別的都不理論倒是薛

蟠的小像拿着細細看了一看又看看他哥哥不禁笑起來了因叫鶯兒帶着幾個老婆子將這些東西連箱子送到園裡去又和母親哥哥說了一回閑話兒纔回園裡去了這裡薛姨媽將箱子裡的東西取出一分一分的打點清楚叫同喜送給賈母並王夫人等處不提且說寶釵到了自己房中將那些頑意兒一件一件的過了目除了自己留用之外一分一分配合妥當也有送筆墨紙硯的也有送香袋扇子香墜的也有送脂粉頭油的有單送頑意兒的只有黛玉的比別人不同且又加厚一倍一一打點完畢使鶯兒同着一個老婆子跟着送往各處這邊姊妹諸人都收了東西賞賜來使說見面再謝惟有林黛玉看見他家鄉之物反自觸物傷情想起父母雙亡又無兄弟寄居親戚家中那裡有人也給我帶些土物想到這裡不覺的又傷起心來了紫鵑深知黛玉心腸但也不敢說破只在一旁勸道姑娘的身子多病早晚服藥這兩日看着比那些日子略好些雖說精神長了一點兒還算不得十分大好今兒寶姑娘送來的這些東西可見寶姑娘素日看得姑娘很重姑娘看着該喜歡纔是為什麼反倒傷起心來這不是寶姑娘送東西來倒叫姑娘煩惱了不成就是寶姑娘聽見反覺臉上不好看再者這裡老太太們為姑娘的病體千方百計請好大夫配藥診治也為是姑娘的病好這如今纔好些又這樣哭哭啼啼豈不

是自已遭塌了自已身子叫老太太看着添了愁煩了麼況且姑娘這病原是素日憂慮過度傷了血氣姑娘的千金貴體也别自已看輕了紫鵑正在這裡勸解只聽見小丫頭子在院內說寳二爺來了紫鵑忙說請二爺進來罷只見寳玉進房來了黛玉讓坐畢寳玉見黛玉淚痕滿面便問妹妹又是誰氣着你了黛玉勉强笑道誰生什麼氣傍邊紫鵑將嘴向床後棹上一努寳玉會意往那裡一瞧見堆着許多東西就知道是寳釵送來的便取笑說道那裡這些東西不是妹妹要開雜貨舖啊黛玉也不答言紫鵑笑着道二爺還提東西呢因寳姑娘送了些東西來姑娘一看就傷起心來了我正在這裡勸解恰好二爺來的狠巧替我們勸勸寳玉明知黛玉是這個緣故却也不敢提頭兒只得笑說道你們姑娘的緣故想來不為别的必是寳姑娘送來的東西少所以生氣傷心妹妹你放心等我明年叫人往江南去與你多多的帶兩船來省得你淌眼抹淚的黛玉聽了這些話也知寳玉是為自已開心也不好推也不好任因說道我任凴怎麼沒見世面也到不了這步田地因送的東西少就生氣傷心我又不是兩三歲的小孩子你也忒把人看得小氣了我有我的緣故你那裡知道說着眼泪又流下來了寳玉忙走到床前挨着黛玉坐下將那些東西一件一件拿起來擺弄着細瞧故意問這是什麼叫什麼名字那是什麼做的這

樣齊整這是什麼要他做什麼使用又說這一件可以擺在面前又說那一件可以放在条桌上當古董兒倒好呢一味的將些沒要緊的話來厮混黛玉見寶玉如此自已心裡倒過不去便說你不用在這裡混攪了偺們到寶姐姐那邊去罷寶玉巴不得黛玉出去散散悶解了悲痛便道寶姐姐送偺們東西偺們原該謝謝去黛玉道自家姊妹這倒不必只是到他那邊薛大哥囘來了必然告訴他些南邉的古蹟兒我去聽聽只當囘了家鄉一輛的說着眼圈兒又紅了寶玉便站着等他黛玉只得同他出來往寶釵那裡去了且說薛蟠聽了母親之言急下了請帖辦了酒席次日請了四位夥計俱已到齊不免說些販

賣賬目發貨之事不一時上席讓坐薛蟠挨次斟了酒薛姨媽又使人出來致意大家喝着酒說閑話兒內中一個道今日這席上短兩個好朋友衆人齊問是誰那人道還有誰就是貴府上的璉二爺和大爺的盟弟柳二爺大家果然都想起來問着薛蟠道怎麼不請璉二爺合柳二爺来薛蟠聞言把眉一皺嘆口氣道璉二爺又在平安州去了頭兩天就起了身的那柳二爺竟别提起真是天下頭一件奇事什麼是柳二爺如今不知那裡作柳道爺去了衆人都詫異道這是怎麼說薛蟠便把湘蓮前後事體說了一遍衆人聽了越發駭異因說道怪不的前日我們在店裡髣髣髴髴也聽見人吵嚷說有一個道士三言

兩語把一個人度了去了又說一陣風刮了去了只不知是誰我們正發貨那裡有閒工夫打聽這個事去到如今還是似信不信的誰知就是柳二爺呢早知是他我們大家也該勸他勸纔是任他怎麼着也不叫他去內中一個道別是這麼着罷衆人問怎麼樣那人道柳二爺那樣個伶俐人未必是真跟了道士去罷他原會些武藝又有力量或看破那道士的妖術邪法特意跟他去在背地擺佈他也未可知薛蟠道果然如此倒也罷了世上這些妖言惑衆的人怎麼沒人治他一下子衆人道那時難道你知道了也沒找尋他去薛蟠說城裡城外那裡沒有找到不怕你們笑話我找不着他還哭了一塲呢言畢只是

長吁短歎無精打彩的不像往日高興衆夥計見他這樣光景自然不便久坐不過隨便喝了几盃酒吃了飯大家散了且說寶玉同着黛玉到寶釵處來寶玉見了寶釵便說道大哥哥辛辛苦苦的帶了東西來姐姐留着使罷又送我們寶釵笑道原不是什麼好東西不過是遠路帶來的土物兒大家看着新鮮些就是了黛玉道這些東西我們小時候倒不理會如今看見真是新鮮物兒了寶釵因笑道妹妹知道這就是俗語說的物離鄉貴其實可算什麼呢寶玉聽了這話正對了黛玉方纔的心事連忙拿話岔道明年好歹大哥哥再去時替我們多帶些來黛玉瞅了他一眼便道你要你只管說不必拉扯上人姐姐

你瞧寶哥哥不是給姐姐來道謝竟又要定下明年的東西來了說的寶釵寶玉都笑了三個人又閑話了一回因提起黛玉的病來寶釵勸了一回因說道妹妹若覺着身子不爽快倒要自已勉强扎掙着出來各處走走逛逛散散心比在屋裡悶坐着到底好些我那兩日不是覺着發懶渾身發熱只是要歪着也因爲時氣不好怕病因此尋些事情自已混着這兩日纔覺着好些了黛玉道姐姐說的何嘗不是我也是這麽想着呢大家又坐了一會子方散寶玉仍把黛玉送至瀟湘館門首纔各自回去了且說趙姨娘因見寶釵送了賈環些東西心中甚是喜歡想道怨不得別人都說那寶丫頭好會做人狠大方如今

看起來果然不錯他哥哥能帶了多少東西來他挨門兒送到並不遺漏一處也不露出誰薄誰厚連我們這樣沒時運的他都想到了若是那林丫頭他把我們娘兒們正眼也不瞧那裡還肯送我們東西一面想一面把那些東西翻來覆去的擺弄瞧看一回忽然想到寶釵係王夫人的親戚爲何不到王夫人跟前賣個好兒呢自已便蠍蠍螫螫的拿着東西走至王夫人房中站在旁邊陪笑說道這是寶姑娘纔剛給環哥兒的難爲寶姑娘這麽年輕的人想的這麽週到真是大戶人家的姑娘又展樣又大方怎麽叫人不敬服呢怪不得老太太和太太成日家都誇他疼他我也不敢自專就收起來特拿來給太太瞧

瞧太太也喜歡喜歡王夫人聽了早知道來意了又見他說的不倫不類也不便不理他說道你自管收了去給環哥頑罷趙姨娘來時興興頭頭誰知抹了一鼻子灰滿心生氣又不敢露出來只得訕訕的出來了到了自巳房中將東西丟在一邊嘴裡咕咕噥噥自言自語道這個又算了個什麼兒呢一面坐着各自生了一回悶氣却說鶯兒帶着老婆子們送東西回來回覆了寶釵將衆人道謝的話並賞賜的銀錢都回完了那老婆子便出去了鶯兒走近前來一步挨着寶釵悄悄的說道剛纔我到璉二奶奶那邊看見二奶奶一臉的怒氣我送下東西出來時悄悄的問小紅說剛纔二奶奶從老太太屋裡回來不似

往日歡天喜地的叫了平兒去唧唧咕咕的不知說了些什麼看那個光景倒像有什麼大事的是的姑娘沒聽見那邊老太太有什麼事寶釵聽了也自巳納悶想不出鳳姐是為什麼有氣便道各人家有各人的事偺們那裡管得你去倒茶去罷鶯兒於是出來自去倒茶不提且說寶玉送了黛玉回來想着黛玉的孤苦不免也替他傷感起來因要將這話告訴襲人進來時却只有麝月秋紋在房中因問你襲人姐姐那裡去了麝月道左不過在這幾個院裡那裡就丟了他一時不見就這樣找寶玉笑着道不是怕丟了他因我方纔到林姑娘那邊見林姑娘又正傷心呢問起來却是為寶姐姐送了他東西他看見是

他家鄉的土物不免對景傷情我要告訴你襲人姐姐叫他悄時過去勸勸正說着晴雯進來了因問寶玉道你回來了你又要叫勸誰寶玉將方纔的話說了一遍晴雯道襲人姐姐纔出去聽見他說要到璉二奶奶那邊去保不住還到林姑娘那裡寶玉聽了便不言語秋紋倒了茶來寶玉漱了一口遞給小丫頭子心中着實不自在就隨便歪在床上却說襲人因寶玉出門自己作了回活計忽想起鳳姐身上不好這幾日也沒有過去看看況聞賈璉出門正好大家說說話兒便告訴晴雯好生在屋裡別都出去了叫寶玉回來抓不着人晴雯道噯喲這屋裡單你一個人記掛着他我們都是白閑着混飯吃的襲人笑着也不答言就走了剛來到沁芳橋畔那時正是夏末秋初池中蓮藕新殘相間紅綠離披襲人走着沿堤看玩了一回猛擡頭看見那邊葡萄架底下有人拿着撣子在那裡撣什麼呢走到跟前却是老祝媽那老婆子見了襲人便笑嘻嘻的迎上來說道姑娘怎麼今日得工夫出來逛逛襲人道可不是我要到璉二奶奶家瞧瞧去你在這裡做什麼呢那婆子道我在這裡赶蜜蜂兒今年三伏裡雨水少這菓子樹上都有虫子把菓子吃的疤瘌流星的弔了好些下來姑娘還不知道呢這馬蜂最可惡的一嘟嚕上只咬破三兩個兒那破的水滴到好的上頭連這一嘟嚕都是要爛的姑娘你瞧偺們說話的空兒沒赶就

落上許多了襲人道你就是不住手的赶也赶不了許多你倒是告訴買辦叫他多多做些小冷布口袋兒一嘟嚕套上一個又透風又不遭塌婆子笑道倒是姑娘說的是我今年纔管上那裡知道這個巧法兒呢因又笑着說道今年菓子雖遭塌了些味兒倒好不信摘一個姑娘嚐嚐襲人正色道這那裡使得不但没熟吃不得就是熟了上頭還没有供鮮偺們倒先吃了你是府裡使老了的難道連這個規矩都不懂了老祝忙笑道姑娘說得是我見姑娘狠喜歡我纔敢這麼說可就把規矩錯了我可是老糊塗了襲人道這也没有什麼只是你們有年紀的老奶奶們別先領着頭兒這麼着就好了說着遂一逕出了園門來到鳳姐這邊一到院裡只聽鳳姐說道天理良心我在這屋裡熬的越發成了賊了襲人聽見這話知道有原故了又不好回来又不好進去遂把脚步放重些隔着窓子問道平姐姐在家裡呢麽平兒忙答應着迎出来襲人便問二奶奶也在家裡呢麽身上可大安了說着已走進來鳳姐粧着在床上歪着呢見襲人進來也笑着站起來說好些了叫你惦着怎麽這幾日不過我們這邊坐坐襲人道奶奶身上欠安本該天天過來請安纔是但只怕奶奶身上不爽快倒要靜靜兒的歇歇兒我們来了倒吵的奶奶煩鳳姐笑道煩是没的話倒是寶兄弟屋裡雖然人多也就靠着你一個照看他也實在的離不開我

常聽見平兒告訴我說你背地裡還惦着我常常問我這就是你盡心了一面說着叫平兒挪了張杌子放在床傍邊讓襲人坐下豐兒端進茶來襲人欠身道妹妹坐着罷一面說閒話兒只見一個小丫頭子在外間屋裡悄悄的和平兒說旺兒來了在二門上伺候着呢又聽見平兒也悄悄的道知道了叫他先去回來再來別在門口兒站着襲人知他們有事又說了兩句話便起身要走鳳姐道閒來坐坐說說話兒我倒開心因命平兒送送你妹妹平兒答應着送出來只見兩三個小丫頭子都在那裡屏聲息氣齊齊的伺候着襲人不知何事便自去了却說平兒送出襲人進來回道旺兒纔來了因襲人在這裡我叫

他先到外頭等等兒這會子還是立刻叫他呢還是等着請奶奶的示下鳳姐道叫他來平兒忙叫小丫頭去傳旺兒進來這裡鳳姐又問平兒你到底是怎麼聽見說的平兒道就是頭裡那小丫頭子的話他說他在二門裡頭聽見外頭兩個小廝說這個新二奶奶比僭們舊二奶奶還俊呢脾氣兒也好不知是旺兒是誰吆喝了兩個一頓說什麼新奶奶舊奶奶的還不快悄悄兒的呢叫裡頭知道了把你的舌頭還割了呢平兒正說着只見一個小丫頭進來回說旺兒在外頭伺候着呢鳳姐聽了冷笑了一聲說叫他進來那小丫頭出來說奶奶叫呢旺兒連忙答應着進來旺兒請了安在外間門口垂手侍立鳳姐兒

道你過來我問你話旺兒纔走到裡間門傍站着鳳姐兒道你二爺在外頭弄了人你知道不知道旺兒又打着千兒回道奴才天天在二門上聽差事如何能知道二爺外頭的事呢鳳姐冷笑道你自然不知道你要知道你怎麼攔人呢旺兒見這話知道剛纔的話已經走了風了料着瞞不過便又跪回道奴才實在不知就是頭裡興兒和喜兒兩個人在那裡混說奴才吆喝了他們兩句內中深情底裡奴才不知道不敢妄回求奶奶問興兒他是長跟二爺出門的鳳姐兒聽了下死勁啐了一口罵道你們這一起沒良心的混賬忘八崽子都是一條藤兒打量我不知道呢先去給我把興兒那個忘八崽子叫了來你也

不許走問明白了他回來再問你好好好這纔是我使出來的好人呢那旺兒只得連聲答應幾個是磕了個頭爬起來出去去叫興兒却說興兒正在賬房兒裡和小廝們頑呢聽見說二奶奶叫先唬了一跳却也想不到是這件事發作了連忙跟着旺兒進來旺兒先進去回說興兒來了鳳姐兒厲聲道叫他那興兒聽見這個聲音兒早已沒了主意了只得乍著胆子進來鳳姐兒一見便說好小子啊你和你爺辦的好事啊你只實說罷興兒一聞此言又看見鳳姐兒氣色及兩邊了頭們的光景早唬軟了不覺跪下只是磕頭鳳姐兒道論起這事來我也聽見說不與你相干但只你不早来回我知道這就是你的不是

了你要實說了我還饒你再有一字虛言你先摸摸你腔子上幾個腦袋瓜子興兒戰兢兢的朝上磕頭道奶奶問的是什麼事奴才同爺辦壞了鳳姐聽了一腔火都發作起來喝命打嘴巴旺兒過來纔要打時鳳姐兒罵道什麼糊塗忘八崽子叫他自巳打用你打嗎一會子你再各人打你那嘴巴子還不遲呢那興兒真個自巳左右開弓打了自巳十幾個嘴巴鳳姐兒喝聲站住問道你二爺外頭娶了什麼新奶奶舊奶奶的事你大概不知道啊興兒見說出這件事來越發著了慌連忙把帽子抓下來在磚地上咕咚咕咚碰的頭山响口裏說道只求奶奶超生奴才再不敢撒一個字兒的謊鳳姐道快說興兒直蹶蹶的跪起來回道這事頭裏奴才也不知道就是這一天東府裏大老爺送了殯俞祿往珍大爺廟裏去領銀子二爺同著蓉哥兒到了東府裏道兒上爺兒兩個說起珍大奶奶那邊的二位姨奶奶來二爺誇他好蓉哥兒哄著二爺說把二姨奶奶說給二爺鳳姐聽到這裏使勁啐道呸沒臉的忘八蛋他是你那一門子的姨奶奶興兒忙又磕頭說奴才該死往上瞅著不敢言語鳳姐兒道完了嗎怎麼不說了興兒方纔又回道奶奶恕奴才奴才纔敢回鳳姐啐道放你媽的屁這還什麼恕不恕了你好生給我往下說好多著呢興兒又回道二爺聽見這個話就喜歡了後來奴才也不知道怎麼就弄真了鳳姐微微冷笑道

這個自然麼你可那裡知道呢你知道的只怕都煩了呢是了說底下的罷興兒回道後來就是蓉哥兒給二爺找了房子鳳姐忙問道如今房子在那裡興兒道就在府後頭鳳姐兒道哦回頭瞅著平兒道偺們都是死人哪你聽聽平兒也不敢作聲興兒又回道珍大爺那邊給了張家不知多少銀子那張家就不問了鳳姐道這裡頭怎麼又扯拉上什麼張家李家咧呢興兒回道奶奶不知道這二奶奶剛說到這裡又自已打了個嘴巴把鳳姐兒倒慪笑了兩邊的丫頭也都抿嘴兒笑興兒想了想說道那珍大奶奶的妹子鳳姐兒接着道怎麼樣快說呀興兒道那珍大奶奶的妹子原來從小兒有人家的姓張叫什麼

張華如今窮的待好討飯珍大爺許了他銀子他就退了親了鳳姐兒聽到這裡點了點頭兒回頭便望丫頭們說道你們都聽見了小忘八崽子頭裡他還說他不知道呢興兒又回道後來二爺纔叫人裱糊了房子娶過來了鳳姐道打那裡娶過來的興兒回道就在他老娘家抬過來的鳳姐道好能咧又問沒人送親麼興兒道就是蓉哥兒還有幾個丫頭老婆子們沒別人鳳姐道你大奶奶沒來嗎興兒道過了兩天大奶奶纔拿了些東西來瞧的鳳姐兒笑了一笑回頭向平兒道怪道那兩天二爺稱讚大奶奶不離嘴呢掉過臉來又問興兒誰服侍呢自然是你了興兒赶着碰頭不言語鳳姐又問前頭那些日子說

給那府裡辦事想來辦的就是這個丁興兒回道也有辦事的時候也有往新房子裡去的時候鳳姐又問道誰和他住着呢興兒道他母親和他妹子昨兒他妹子各人抹了脖子了鳳姐道這又爲什麼興兒隨將柳湘蓮的事說了一遍鳳姐道這個人還算造化高省了當那出名兒的忘八因又問道沒了別的事了麼興兒道別的事奴才不知道奴才剛纔說的字字是實話一字虛假奶奶問出來只管打死奴才奴才也無怨的鳳姐低了一回頭便又指着興兒說道你這個猴兒崽子就該打死道有什麼瞞着我的你想着瞞了我就在你那糊塗爺跟前討了好兒了你新奶奶好疼你我不看你剛纔還有點怕懼兒不

敢撒謊我把你的腿不給你砸折了呢說着喝聲起去興兒磕了個頭纔爬起來退到外間門口不敢就走鳳姐道過來我還有話呢興兒趕忙垂手敬聽鳳姐道你忙什麼新奶奶等着賞你什麼呢興兒也不敢抬頭鳳姐道你從今日不許過去我什麼時候叫你你什麼時候到遲一步兒你試試出去罷興兒忙答應幾個是退出門來鳳姐又叫道興兒興兒趕忙答應回來鳳姐道快出去告訴你二爺去是不是啊興兒回道奴才不敢鳳姐道你出去提一個字兒隄防你的皮興兒連忙答應着纔出去了鳳姐又叫旺兒呢旺兒連忙答應着過來鳳姐把眼直瞪瞪的瞅了兩三句話的工夫纔說道好旺兒很好去罷外頭

有人提一個字兒全在你身上旺兒答應着也出去了鳳姐便叫倒茶小丫頭子們會意都出去了這裡鳳姐纔和平兒說你都聽見了這纔好呢平兒也不敢答言只好陪笑兒鳳姐越想越氣歪在枕上只是出神忽然眉頭一皺計上心來便叫平兒來平兒連忙答應過來鳳姐道我想這件事竟該這麽着纔好也不必等你二爺回來再商量了未知鳳姐如何辦理下回分解

紅樓夢第六十七回終

紅樓夢第六十八回

苦尤娘賺入大觀園　酸鳳姐大鬧寧國府

話說賈璉起身去後偏值平安節度巡邊在外約一個月方回賈璉未得確信只得住在下處等候及至回來相見將事辦妥回程已是將近兩個月的限了誰知鳳姐早已心下筭定只待賈璉前脚走了回來便傳各色匠役收什東廂房三間照依自己正室一樣粧飾陳設至十四日便回明賈母王夫人說十五日一早要到姑子廟進香去只帶了平兒豐兒周瑞媳婦旺兒媳婦四人未曾上車便將原故告訴了衆人又吩咐衆男人素衣素蓋一逕前來興兒引路一直到了門前扣門鮑二家的開

了興兒笑道快回二奶奶去大奶奶來了鮑二家的聽了這句頂梁骨走了真魂忙飛跑進去報與尤二姐尤二姐雖也一驚但已來了只得以禮相見於是忙整理衣服迎了出來至門前鳳姐方下車進來尤二姐一看只見頭上都是素白銀器身上月白緞子襖青緞子掐銀線的褂子白綾素裙眉彎柳葉高吊兩梢目橫丹鳳神凝三角俏麗若三春之桃清素若九秋之菊周瑞旺兒二女人攙進院來尤二姐陪笑忙迎上來拜見張口便叫姐姐說今日實在不知姐姐下降不曾遠接求姐姐寬恕說著便拜下去鳳姐忙陪笑還禮不迭赶着拉了二姐兒的手同入房中鳳姐上坐尤二姐忙命丫頭拿褥子便行禮說妹子

年輕一從到了這裡諸事都是家母和家姐商議主張今日有幸相會若姐姐不棄寒微凡事求姐姐的指教情願傾心吐胆只伏侍姐姐說著便行下禮去鳳姐忙下坐還禮口內忙說皆因我也年輕向來總是婦人的見識一味的只勸二爺保重別在外邊眠花宿柳恐怕叫太爺太太躭心這都是你我的痴心誰知二爺倒錯會了我的意若是外頭包占人家姐妹瞞着家裡也罷了如今娶了妹妹作二房這樣正經大事也是人家大禮却不曾合我說我也勸過二爺早辦這件事果然生個一男半女連我後來都有靠不想二爺反以我為那等妬忌不堪的人私自辦了真真叫我有冤沒處訴我的這個心惟有天地可

表頭十天頭裡我就風聞着知道了只怕二爺又錯想了遂不敢先說目今可巧二爺走了所以我親自過來拜見還求妹妹體諒我的苦心起動大駕挪到家中你我姐妹同居同處彼此合心合意的諫勸二爺謹慎世務保養身子這纔是大禮呢要是妹妹在外頭我在裡頭妹妹自想想我心裡怎麼過的去呢再者叫外人聽着不但我的名聲不好聽就是妹妹的名兒也不雅况且二爺的名聲更是要緊的倒是談論偺們姐兒們還是小事至於那起下人小人之言未免見我素昔持家太嚴背地裡加減些話也是常情妹妹想自古說的當家人惡水缸我要真有不容人的地方兒上頭三層公婆當中有好幾位姐姐

妹妹妯娌們怎麽容的我到今兒就是今兒二爺私娶妹妹在外頭住着我自然不願意見妹妹我如何還肯来呢拿着我們平兒說起我還勸着二爺收他呢這都是天地神佛不忍我叫這些小人們遭塌所以纔叫我知道了我如今來求妹妹進去和我一樣兒住的使的穿的帶的你我總是一樣兒妹妹這樣伶透人若肯真心帮我我也得個膀臂不但那起小人堵了他們的嘴就是二爺回來一見他也從今後悔我並不是那種吃醋調歪的人你我三人更加和氣所以妹妹還是我的大恩人呢要是妹妹不合我去我也愿意搬出來陪着妹妹住只求妹妹在二爺跟前替我好言方便方便留我個站脚的地方兒就叫我服侍妹妹梳頭洗臉我也是願意的說着便嗚嗚咽咽哭將起来尤二姐見了這般也不免滴下淚來二人對見了禮分序坐下平兒忙也上來要見禮尤二姐見他打扮不凡舉止品貌不俗料定是平兒連忙親身攙住只叫妹子快别這麽着你我是一樣的人鳳姐兒忙也起身笑說折死了他妹妹只管受禮他原是偺們的丫頭已後快别如此說着又命周瑞家的從包袱裡取出四疋上色尺頭四對金珠簪環爲拜見禮尤二姐忙拜受了二人吃茶對訴已往之事鳳姐口内全是自怨自錯怨不得别人如今只求妹妹疼我尤二姐見了這般便認做他是個極好的人小人不遂心誹謗主子亦是常理故傾心吐胆

叙了一回竟把鳳姐認爲知己又見周瑞家等媳婦在傍邊稱揚鳳姐素日許多善政只是吃虧心太痴了反惹人怨又說已經預備了房屋奶奶進去一看便知尤氏心中早已要進去同住方好今又見如此豈有不允之禮便說原該跟了姐姐去只是這裡怎麽樣鳳姐道這有何難妹妹的箱籠細軟只管著小厮搬了進去這些粗夯貨要他無用還叫人看着妹妹說誰妥當就叫誰在這裡尤二姐忙說今日既遇見姐姐這一進去凡事只憑姐姐料理我也來的日子淺也不曾當過家事不明白如何敢作主這幾件箱櫃拿進去罷我也沒有什麽東西那也不過是二爺的鳳姐聽了便命周瑞家的記清好生看管着

抬到東廂房去于是催著尤二姐急忙穿戴了二人攜手上車又同坐一處又悄悄的告訴他我們家的規矩大這事老太太太太一概不知倘或知道二爺孝中娶你管把他打死了如今且别見老太太太太我們有一個花園子極大姊妹們住著容易沒人去的你這一去且在園裡住兩天等我設個法子回明白了那時再見方妥尤二姐道任憑姐姐裁處那些跟車的小厮們皆是預先說明的如今不進大門只奔後門來下了車趕散衆人鳳姐便帶了尤氏進了大觀園的後門來到李紈處相見了彼時大觀園中十停人已有九停人知道了今忽見鳳姐帶了進來引動衆人來看問尤二姐一一見過衆人見了他標

緻和悅無不稱揚鳳姐一一的吩咐了衆人都不許在外走了風聲若老太太太太知道我先叫你們死園中婆子丫頭都素懼鳳姐的又係賈璉國孝家孝中所行之事知道關係非常都不管這事鳳姐悄悄的求李紈收養幾日等回明了我們自然過去的李紈見鳳姐那邊已收什房屋況在服中不好倡揚自是正理只得收下權住鳳姐又便去將他的丫頭一槩退出又將自已的一個丫頭送他使喚暗暗吩咐他園中媳婦們好生照看着他若有走失逃亡一槩和你們算賬自已又去暗中行事不提且說合家之人都暗暗的納罕說看他如何這等賢惠起來了那尤二姐得了這個所在又見園中姊妹各各相好倒

也安心樂業的自爲得所誰知三日之後丫頭善姐便有些不服使喚起來尤二姐因說沒了頭油了你去回一聲大奶奶拿些個來善姐兒便道二奶奶你怎麽不知好歹沒眼色我們奶奶天天承應了老太太又要承應這邊太太那邊太太這些姑娘妯娌們上下幾百男女天天起來都等他的話一日少說大事也有一二十件小事還有三五十件外頭的從娘娘算起以及王公侯伯家多少人情家裡又有這些親友的調度銀子上千錢上萬一日都從他一個手一個心一個嘴裡調度那裡爲這點子小事去煩瑣他我勸你能著些兒罷偺們又不是明媒正娶來的這是他亘古少有一個賢良人纔這樣待你若差些

兒的人聽見了這話吵嚷起来把你丟在外死不死活不活你又敢怎麼樣呢一夕話說的尤氏垂了頭自爲有這一說少不得將就些罷了那善姐漸漸的連飯也怕端来與他吃或早一頓晚一頓所拿來的東西皆是剩的尤二姐說過兩次他反瞪着眼叫喚起來尤二姐又怕人笑他不安本分少不得忍着隔上五日八日見鳳姐一面那鳳姐却是和容悅色滿嘴裡好妹妹不離口又說倘有下人不到之處你降不住他們只管告訴我我打他們又罵丫頭媳婦說我深知你們軟的欺硬的怕背着我的眼還怕誰倘或二奶奶告訴我一個不字我要你們的命二姐見他這般好心既有他我又何必多事下人不知好歹

是常情我若告了他們受了委屈反叫人說我不賢良因此反替他們遮掩鳳姐一面使旺兒在外打聽這尤二姐的底細皆已深知果然已有了婆家的女壻現在纔十九歲成日在外賭博不理世業家私花盡父母攆他出來現在賭錢塲存身父親得了尤婆子二十兩銀子退了親的這女壻尚不知道原來這小夥子名叫張華鳳姐都一一盡知原委便封了二十兩銀子與旺兒悄悄命他將張華勾來養活着他寫一張狀子只要往有司衙門中告去就告璉二爺國孝家孝的裡頭背旨瞞親仗財依勢强逼退親停妻再娶這張華也深知利害先不敢造次旺兒回了鳳姐鳳姐氣的罵道真是他娘的話怨不得俗語說

獺狗扶不上墻的你細細說給他就告我們家謀反也沒事的不過是借他一鬧大家沒臉若告大了我這裡自然能彀平服的旺兒領命只得細說與張華鳳姐又吩咐旺兒他若告了你你就和他對詞去如此如此我自有道理旺兒聽了有他做主便又命張華狀子上添上自已說你只告我來旺過付一應調唆二爺做的張華便得了主意和旺兒商議定了寫了一張狀子次日便往都察院處喊了寃察院坐堂看狀子是告賈璉的事上面有家人旺兒一人只得遣人去賈府傳旺兒來對詞青衣不敢擅入只命人帶信那旺兒正等着此事不用人帶信早在這条街上等候見了青衣反迎上去笑道起動衆位弟兄必

是兄弟的事犯了說不得快來套上衆青衣不敢只說好哥哥你去能別鬧了於是來至堂前跪了察院命將狀子與他看旺兒故意看了一遍碰頭說道這事小的盡知的主人實有此事但這張華素與小的有仇故意拉小的在內其中還有人求老爺再問張華碰頭道雖還有人小的不敢告他所以只告他下人旺兒故意的說糊塗東西還不快說出來這是朝廷公堂上憑是主子也要說出來張華便說出賈蓉來察院聽了無法只得去傳賈蓉鳳姐又差了慶兒暗中打聽告了起來便忙將王信喚來告訴他此事命他托察院只要虛張聲勢驚唬而已又拿了三百銀子與他去打點是夜王信到了察院私宅安了根

子那察院深知原委收了贜銀次日回堂只說張華無賴因拖欠了賈府銀兩妄捏虛詞誣賴良人都察院素與王子騰相好王信也只到家說了一聲况是賈府之人巴不得了事便也不提此事且都收下只傳賈蓉對詞且說賈蓉等正忙着賈璉之事忽有人來報信說有人告你們如此如此這般這般快作道理賈蓉慌忙來回賈珍賈珍說我却早防着這一着倒難爲他這麽大胆子即刻封了二百銀子著人去打點察院又命家人去對詞正商議間又報西府二奶奶來了賈珍聽了這話倒吃了一驚忙要同賈蓉藏躱不想鳳姐已經進來了說好大哥哥帶著兄弟們幹的好事賈蓉忙請安鳳姐拉了他就進來賈珍

還笑說好生伺候你嬸娘吩咐他們殺牲口備飯說了忙命備馬躱往別處去了這裡鳳姐帶着賈蓉走來上房尤氏也迎了出來見鳳姐氣色不善忙說什麽事情這等忙鳳姐照臉一口唾沫啐道你尤家的丫頭沒人要了偷著只往賈家送難道賈家的人都是好的並天下死絕了男人了你就愿意給也要三媒六証大家說明成了體統纔是你痰迷了心脂油朦了竅國孝家孝兩重在身就把個人送來了這會子被人告我們連官場中都知道我利害吃醋如今指名提我要休我我到了你家幹錯了什麽不是你這等害我或是老太太太太有了話在你心裡使你們做這圈套要擠我出去如今偺們兩個一同去見

官分証明白向來偺們公同請了合族中人大家覿面説個明白給我休書我就走一面說一面大哭拉著尤氏只要去見官急的賈蓉跪在地下碰頭只求嬸娘息怒鳳姐一面又罵賈蓉天打雷劈五鬼分尸的沒良心的種子不知天有多高地有多厚成日家調三窩四幹出這些沒臉面沒王法敗家破業的營生你死了的娘陰靈兒也不容你祖宗也不容你還敢來勸我一面罵著揚手就打唬得賈蓉忙碰頭說道嬸娘別動氣只求嬸娘別看這一時姪兒千日的不好還有一日的好實在嬸娘氣不平何用嬸娘打讓我自己打嬸娘只別生氣說著就自己舉手左右開弓自己打了一頓嘴把子又自己問著自己說已後可還再顧三不顧四的不了已後還单聽叔叔的話不聽嬸娘的話不了嬸娘是怎麽樣待你你這樣沒天裡沒良心的衆人又要勸又要笑又不敢笑鳳姐兒滚到尤氏懷裡嚎天動地大放悲聲只說給你兄弟娶親我不惱為什麽使他違旨背親將混賬名兒給我背著偺們只去見官省得捕快皂隸来拿再者偺們過去只見了老太太太太和衆族人等大家公議了我既不賢良又不容丈夫買妾只給我一紙休書我即刻就走你妹妹我也親身接了來家生怕老太太太太生氣也不敢回現在三茶六飯金奴銀婢的住在園裡我這裡赶著收什房子和我一樣的只等老太太知道了原說下接過來大家安分守已

的我也不提舊事了誰知又是有了人家的不知你們幹的什麼事我一槩又不知道如今告我我昨日急了總然我出去見官也丟的是你賈家的臉少不得偷把太太的五百兩銀子去打點如今把我的人還鎖在那裡說了又哭哭了又罵後來又放聲大哭起祖宗爺娘來又要尋死撞頭把個尤氏揉搓成一個麪團兒衣服上全是眼淚鼻涕並無別話只罵賈蓉混賬種子和你老子做的好事我當初就說使不得鳳姐兒聽說這話哭著搬著尤氏的臉問道你發昏了你的嘴裡難道有茄子塞著不就是他們給你嚼子啣上了為什麼你不來告訴我去你若告訴了我這會子不平安了怎麼得驚官動府鬧到這步田

地你這會子還怨他們自古說妻賢夫禍少表壯不如裡壯你但凡是個好的他們怎敢鬧出這些事來你又沒才幹又沒口齒鋸了嘴子的葫蘆就只會一味瞎小心應賢良的名兒說著啐了幾口尤氏也哭道何曾不是這樣你不信問問跟的人我何曾不勸的也要他們聽叫我怎麼樣呢怨不得妹妹生氣我只好聽著罷了衆姬妾丫頭媳婦等已是黑壓壓跪了一地陪笑求說二奶奶最聖明的雖是我們奶奶的不是奶奶也作踐彀了當著奴才們奶奶們素日何等的好來如今還求奶奶給留點臉兒說著捧上茶來鳳姐也摔了一回止了哭挽頭髮又喝罵賈蓉出去請你父親來我對面問他問親大爺的孝纔五

七姪兒娶親這個禮我竟不知道我問問也好學著日後教導你們賈蓉只跪著磕頭說這事原不與父母相干都是侄兒一時吃了屎調唆著叔叔做的我父親也並不知道嬸娘若鬧起來了姪兒也是個死只求嬸娘責罰侄兒侄兒謹領這官司還求嬸娘料理侄兒竟不能幹這大事嬸娘是何等樣人豈不知俗語說的胳膊折了在袖子裡姪兒糊塗死了既做了不肖的事就和那貓兒狗兒一般少不得還要嬸娘費心費力將外頭的事壓住了纔好只當嬸娘有這個不肖的兒子就惹了禍少不得委屈還要疼他呢說著又磕頭不絕鳳姐兒見了賈蓉這般心裡早軟了只是礙着衆人面前又難改過口來因歎了一

口氣一面拉起来一面拭淚向尤氏道嫂子也别惱我我是年輕不知事的人一聽見有人告訴了把我嚇昏了不知方纔怎麽得罪了嫂子可是蓉兒說的胳膊折了往袖子裡藏少不得嫂子要體諒我還得嫂子在哥哥跟前替說先把這官司按下去纔好尤氏賈蓉一齊都說嬸娘放心橫豎一點兒連累不著叔叔嬸娘方纔說用過了五百兩銀子少不得我們娘兒們打點五百兩銀子與嬸娘送過去好補上不然豈有教嬸娘又添上虧空的越發我們該死了但還有一件老太太太太們跟前嬸娘還要週全方便别提這些話方好鳳姐又冷笑道你們饒壓著我的頭幹了事這會子反哄着我替你們週全我就是個

傻子也傻不到如此嫂子的兄弟是我的什麼人嫂子既怕他絕了后我難道不更比嫂子更怕絕後嫂子的妹子就合我的妹子一樣我一聽見這話連夜喜歡的連覺也睡不成赶着傳人收什了屋子就要接進來同住倒是奴才小人的見識他們倒說奶奶太性急若是我們的主意先回了老太太太太看是怎麼樣再收什房子去接也不遲我聽了這話叫我要打要罵的纔不言語了誰知偏不稱我的意偏偏打的嘴半空裡又跑出一個張華來告了一狀我聽見了嚇的兩夜沒合眼兒又不敢聲張只得求人去打聽這張華是什麼人這樣大胆打聽了兩日誰知是個無賴的花子小子們說原是二奶奶許了他的

他如今急了凍死餓死也是個死現在有這個禮他抓住總然死了死的倒比凍死餓死還值些怎麼怨的他告呢這事原是爺做的太急了國孝一層罪家孝一層罪背着父母私娶一層罪停妻再娶一層罪俗語說拚着一身剮敢把皇帝拉下馬他窮瘋了的人什麼事做不出來況且他又拿着這滿禮不告等請不成嫂子說我就是個韓信張良聽了這話也把智謀嚇回去了你兄弟又不在家又沒個人商量少不得拿錢去墊補誰知越使錢越叫人拿住刀靶兒越發來訛我是耗子尾巴上長瘡多少膿血兒所以又急又氣少不得來找嫂子尤氏賈蓉不等說完都說不必操心自然要料理的賈蓉又道那張華不過

是躬急故捨了命纔告偕們如今想了一個法兒竟許他些銀子只叫他應個妄告不實之罪偕們替他打點完了官司他出來將再給他些銀子就完了鳳姐兒咂着嘴兒笑道難爲你想怨不得你顧一不顧二的做出這些事來原來你竟是這麼個糊塗東西我往日錯看了你了若你說的這話他暫且依了且打出官司來又得了銀子眼前自然了事這些人既是無賴的小人銀子到手三天五天一光了他又來找事訛詐再要叨登起來偕們雖不怕終久躭心擱不住他說既沒毛病爲什麼反給他銀子賈蓉原是個明白人聽如此一說便笑道我還有個主意來是是非人去是是非者這事還得我了纔好如今我竟

問張華個主意或是他定要人或是他願意了事得錢再娶他若說一定要人少不得我去勸我二姨娘叫他出來仍嫁他去若說要錢我們這裡少不得給他鳳姐兒忙道雖如此說我斷捨不得你姨娘出去我也斷不肯使他出去他若出去了偕們家的臉在那裡呢依我說只寧可多給錢爲是賈蓉深知鳳姐兒口雖如此心却是巴不得只要本人出來他却做賢良人如今怎麼說只好怎麼依鳳姐兒歡喜了又說外頭好處了家裡終久怎麼樣你也同我過去回明了老太太太太纔是尤氏又慌了拉鳳姐兒討主意如何撒謊纔好鳳姐冷笑道旣沒這本事誰叫你幹這樣事這會子這個腔兒我又看不上待要不出

個主意我又是個心慈面軟的人憑人撮弄我我還是一片傻心腸兒說不得讓我應起來如今你們只別露面我只領了你妹妹去給老太太太太們磕頭只說原係你妹妹我看上了很好正因我不大生長原說買兩個人放在屋裡的今既見了你妹妹很好而且又是親上做親的我願意娶來做二房皆因家中父母姊妹親近一概死了日子又難不能度日若等百日之後無奈無家無業實在難等就筭我的主意接了進來已經廂房收什了出來暫且住著等滿了孝再圓房兒仗著我這不害臊的臉死活賴去有了不是也尋不著你們了你們娘兒兩個想想可使得尤氏賈蓉一齊笑說到底是嬸娘寬洪大量足智多謀等事妥了少不得我們娘兒們過去拜謝鳳姐兒道罷呀還說什麼拜謝不拜謝又指著賈蓉道今日我纔知道你了說着把臉却一紅眼圈兒也紅了似有多少委屈的光景賈蓉忙陪笑道罷了嬸娘少不得饒恕我這一次說着忙又跪下鳳姐兒扭過臉去不理他賈蓉纔笑着起來了這裡尤氏忙命丫頭們舀水取粧奩伏侍鳳姐兒梳洗了赶忙又命預備晚飯鳳姐兒執意要回去尤氏攔着道今日二嬸子要這麼走了我們什麼臉還過那邊去呢賈蓉傍邊笑着勸道好嬸娘親嬸娘以後蓉兒要不真心孝順你老人家天打雷劈鳳姐瞅了他一眼啐道誰信你這話說到這裡又咽住了一面老婆丫頭們擺上酒菜

來尤氏親自遞酒佈菜賈蓉又跪着敬了一鍾酒鳳姐便合尤氏吃了飯丫頭們遞了漱口茶又捧上茶來鳳姐喝了兩口便起身囬去賈蓉親身送過來纔囬去了且說鳳姐進園中將此事告訴尤二姐又說我怎麽操心又怎麽打聽須得如此如此方保得衆人無罪少不得偺們按着這個法兒來纔好不知鳳姐又變出什麽法兒來且聽下回分解

紅樓夢第六十八回終